Sono

HARUKI MURAKAMI

Sono

ILUSTRAÇÕES DE
KAT MENSCHIK

TRADUÇÃO DO JAPONÊS
LICA HASHIMOTO

9ª reimpressão

1

É o décimo sétimo dia em que não consigo dormir. Não se trata de insônia. Pois dela eu entendo um pouco. Na época da faculdade tive uma coisa parecida. Digo "parecida", pois não posso afirmar categoricamente que aqueles sintomas estavam relacionados ao que as pessoas costumam chamar de insônia. Se eu tivesse procurado um médico, talvez ele teria me dito se aquilo era insônia ou não. Mas não procurei. Achei que seria perda de tempo. Uma decisão puramente intuitiva – desprovida de qualquer fundamento –, pautada pelo simples fato de eu achar que não valia a pena. Portanto, não procurei ajuda médica e, tampouco, quis comentar o fato com familiares e amigos. No fundo, eu sabia que, caso comentasse isso com alguém, certamente seria aconselhada a procurar um hospital.

Essa "coisa parecida com insônia" durou cerca de um mês. Nesse período, não consegui ter uma única noite decente de sono. Todas as noites, ao me deitar na cama, eu me dizia mentalmente "agora é hora de dormir". Mas, no mesmo instante como um reflexo condicionado, isso me deixava em estado de vigília. Todos os esforços foram em vão. Quanto mais eu me forçava a pegar no sono, mais desperta ficava a minha consciência. Cheguei a apelar para bebidas alcoólicas e até pílulas para dormir, mas nada resolveu.

Quando começava a amanhecer, finalmente eu sentia uma ligeira vontade de cochilar. Mas essa sonolência estava longe de ser chamada de sono. Eu sentia nas pontas dos dedos uma vaga sensação de tocar no umbral das fronteiras do sono, mas o meu estado de vigília insistia em permanecer alerta. As poucas e breves cochiladas eram acompanhadas de uma nítida impressão de que minha consciência, sempre vigilante, observava-me atentamente do quarto ao lado, separada por uma fina parede. O meu corpo pairava relutante na penumbra, sentindo na pele sua respiração e seu olhar. Da mesma forma que o meu corpo desejava dormir, minha consciência queria igualmente me manter alerta. Esse estado de indefinida sonolência persistia o dia todo. Minha mente estava sempre enevoada. Era incapaz de discernir corretamente a distância, o peso e a textura dos objetos. Uma sonolência que se propagava como ondas em intervalos regulares, de modo que, sem querer, eu acabava cochilando sentada na poltrona do trem, na mesa da escola ou durante o jantar. A sensação era de que sem avisar a minha consciência se dissociava do corpo. O mundo ondulava, isento de sons. Eu derrubava coisas – ora o lápis, a bolsa ou o garfo – que caíam no chão fazendo barulho. Naqueles momentos o que eu mais desejava era ficar ali, prostrada no chão, dormindo profundamente. Mas não. Minha consciência estava sempre ao meu lado. Eu sentia a presença dessa gélida e indiferente sombra. Minha própria sombra. "Que sensação estranha", pensava, sonolenta. E constatava que eu estava dentro da minha própria sombra. Eu caminhava, me alimentava e conversava em permanente estado de sonolência. Mas o estranho é que as pessoas ao meu redor não pareciam notar meu estado crítico. Em um mês emagreci seis quilos. E, apesar disso, ninguém – da família ou entre os amigos – notou a diferença. Ninguém percebeu que eu estava vivendo em estado de sonolência.

Isso mesmo: eu estava literalmente vivendo em estado de sonolência. Eu não sentia mais nada, como um corpo afogado. Todas as coisas ao meu redor estavam turvas e embotadas. Minha própria existência era algo questionável, uma espécie de alucinação. Cheguei a pensar que, se porventura uma rajada de vento me atingisse, meu corpo seria arrastado até os confins do mundo. Um local que, de tão distante, nunca se viu ou se ouviu falar. Meu corpo e minha consciência ficariam dissociados para todo o sempre. Por isso, eu sentia a necessidade de me agarrar em algo. Mas, ao observar ao redor, não encontrei nada a que pudesse me agarrar. Ao anoitecer, o estado de vigília se intensificava. Eu me sentia completamente impotente. Uma força intensa me prendia com firmeza em seu cerne. Era uma força tão poderosa que só me restava ficar acordada e, em resignado silêncio, aguardar o dia raiar. Eu ficava acordada na escuridão da noite, sem conseguir pensar em praticamente nada. Enquanto escutava o tique-taque do relógio, eu observava a escuridão da noite gradativamente se adensar para, aos poucos, de novo perder sua densidade.

Mas, certo dia, isso teve fim. E aconteceu de repente, sem nenhum prenúncio nem motivo aparente. Eu estava sentada tomando café da manhã quando, do nada, senti um sono que me deixou em estado de torpor. Levantei-me sem dizer nada. Ao me levantar, devo ter derrubado alguma coisa da mesa. E, se não me engano, alguém me perguntou algo. Mas não consigo lembrar o quê. A única coisa de que me lembro vagamente é que fui cambaleando até o quarto e, com a roupa do corpo, entrei debaixo das cobertas e dormi. Dormi profundamente durante vinte e sete horas seguidas. Minha mãe, preocupada, não só me sacudiu várias vezes como também deu alguns tapinhas nas minhas bochechas. E mesmo assim não acordei. Permaneci vinte e sete horas dormindo sem acordar uma única vez. Quando finalmente acordei, eu era a mesma de sempre. *A mesma de sempre.* Acho.

 Não sei dizer o porquê de eu ter ficado com insônia nem como fiquei curada de uma hora para outra. Aquilo foi como uma nuvem negra e densa trazida pelo vento de algum lugar distante. Uma nuvem que carregava consigo alguma coisa agourenta, que eu desconhecia. Ninguém saberia dizer de onde ela veio nem para onde foi. Mas,

seja como for, ela veio, pairou sobre minha cabeça e se foi.

Desta vez, porém, o fato de eu não conseguir dormir não tem nada a ver com aquilo. Em todos os sentidos, é totalmente diferente. Desta vez, eu *apenas* e *simplesmente* não consigo dormir. Nem um cochilo sequer. Desconsiderando o fato de eu não conseguir dormir, minha saúde está perfeitamente normal. Eu não tenho sono e minha consciência está lúcida e em pleno estado de vigília. Arrisco dizer que ela está muito mais lúcida do que o normal. Meu corpo também não apresenta nenhuma anomalia. Eu tenho apetite e não me sinto cansada. Do ponto de vista prático, não há nada de errado comigo, a não ser o fato de não dormir.

    Meu marido e meu filho nem sequer desconfiam que estou há dezessete dias sem dormir. Eu também não lhes disse nada. Caso eu resolvesse contar, sei que eles me mandariam procurar um médico. Eu já sei. Sei que seria uma enorme perda de tempo. O que eu tenho não é algo que se resolve tomando remédios para dormir. Por isso, achei melhor não contar para ninguém. Como daquela vez em que tive insônia. E eu sabia. Sabia que era algo que eu mesma precisava resolver. Eles não sabem de nada. Meu dia a dia continua o mesmo de sempre: muito tranquilo e bem organizado. De manhã, após meu marido e meu filho saírem de casa, eu pego o carro para fazer compras. Meu marido é dentista e seu consultório fica a dez minutos de carro do prédio em que moramos. Ele e um amigo da época da faculdade são sócios e administram o consultório desde sua inauguração. Eles dividem tanto as despesas com os protéticos quanto o salário da recepcionista. Se a agenda de um deles estiver cheia, sempre há a possibilidade de encaminhar o paciente para o outro. Tanto meu marido quanto seu amigo são excelentes profissionais e, por isso, o consultório deles está prosperando, apesar de fazer apenas cinco anos que estão naquele local, e de terem começado praticamente do zero. Não seria exagero dizer que estão assoberbados de serviço.

– Eu bem que queria trabalhar menos para ter uma vida mais tranquila, mas não posso reclamar – costuma dizer o meu marido.

– É mesmo – sempre respondo. Realmente, não temos do que reclamar. Para abrir o consultório, fizemos no banco um empréstimo bem maior do que havíamos calculado no início. O investimento em equipamentos odontológicos é muito alto. A concorrência é acirrada. Abrir um consultório não é garantia de que, a partir do dia seguinte, ele estará repleto de clientes. Há vários casos que não deram certo por conta disso.

  Na época em que o consultório foi inaugurado, éramos jovens, pobres e o nosso filho havia acabado de nascer. Não tínhamos certeza se conseguiríamos sobreviver nesse mundo cão. Mas, bem ou mal, sobrevivemos durante cinco anos. Não há do que reclamar. Ainda faltam quase dois terços do empréstimo para quitar.

– Será que o fato de você ser bonito é que está atraindo tantos clientes? – eu comentava em tom de brincadeira. Na verdade, ele não é bonito. Digamos que ele tenha um rosto esquisito. Ainda hoje, às vezes eu me indago, "Por que será que me casei com um homem de rosto tão esquisito se, naquela época, tive namorados tão mais bonitos do que ele?".

Não consigo descrever em palavras o que há de estranho em seu rosto. Ele não é bonito, mas também não é feio. Tampouco há em suas feições algo que possa ser classificado como "marcante". Para ser sincera, não há outra maneira de descrevê-lo a não ser como sendo "esquisito". Em outras palavras, o jeito mais próximo de qualificá-lo é dizer que ele é "inqualificável". E não apenas isso. A questão fundamental é que há alguma coisa naquele rosto que o torna indescritível. Se eu conseguisse identificar essa coisa, acho que entenderia o porquê de ele ser "esquisito". Mas eu não consigo identificá-la. Certa vez, por algum motivo, tentei desenhar seu rosto. Não consegui. Ao pegar o lápis e ficar diante do papel em branco, não conseguia me lembrar de como ele era. Isso me deixou um pouco abalada. Apesar de vivermos juntos há tanto tempo, eu não conseguia me lembrar de seu rosto. É claro que eu o reconheceria assim que o visse. A imagem dele também me vinha à mente. Mas, ao tentar desenhá-la, ela me fugia da memória. Senti-me confusa, como se tivesse batido a cabeça numa parede invisível. A única coisa que conseguia me lembrar era de que seu rosto era esquisito.

    Vez por outra, isso me deixava apreensiva.

    Mas as pessoas em geral têm uma boa impressão dele e não preciso dizer que essa empatia é um atributo muito importante para meu marido exercer uma profissão como a dele. Mesmo que ele não fosse dentista, teria êxito em qualquer outro ofício. Quando as pessoas conversam com ele, espontaneamente elas passam a confiar nele. Até conhecer meu marido, jamais encontrei alguém capaz de transmitir tamanha confiança. Todas as minhas amigas gostam muito dele. Obviamente, eu também gosto dele. Acho que posso dizer que o amo. Mas, para ser sincera, não posso dizer que realmente "gosto" dele.

Mas, seja como for, o sorriso dele é tão espontâneo como o de uma criança. Os homens, quando adultos, dificilmente conseguem sorrir de modo bem natural. E não preciso dizer que os dentes dele são muito bonitos.

– Não tenho culpa de ser bonito – ele respondia sorrindo. Esse diálogo é uma brincadeira recorrente. O tipo de brincadeira sem graça que só faz sentido entre nós. Uma brincadeira que nos conecta a nossa realidade. Um modo de nos certificarmos de que conseguimos de alguma forma sobreviver. Um ritual que, para nós, é de extrema importância.

Às oito e quinze da manhã, meu marido deixa o estacionamento do prédio dirigindo o seu Bluebird, com o nosso filho sentado no assento ao lado do motorista. A escola primária que nosso filho frequenta ficava no caminho para o consultório. "Tome cuidado", eu digo. "Não se preocupe", ele responde. Repetimos sempre o mesmo diálogo, mas eu não consigo deixar de dizer "tome cuidado", nem ele de responder "não se preocupe". Ele insere uma fita cassete de Haydn ou de Mozart no som do carro e, assobiando a melodia, dá a partida. E os dois vão embora, acenando. O modo como acenam é tão parecido que chega a ser bizarro. Eles inclinam a cabeça num mesmo ângulo e para o mesmo lado, e, com as palmas voltadas para mim, acenam rapidamente em breves movimentos da direita para a esquerda. É como se alguém lhes tivesse ensinado essa coreografia, que eles reproduzem com perfeição.

Eu tenho um Honda City usado. Há dois anos, eu o comprei de uma amiga que me cobrou praticamente nada. O modelo é antigo e o para-choque está amassado. Há alguns pontos de ferrugem espalhados pela lataria. Bem ou mal, o carro já rodou cento e cinquenta mil quilômetros. De vez em quando, isto é, uma ou duas vezes por mês, o motor custa a pegar. Mesmo virando a chave várias vezes ele não liga de jeito nenhum. Mas isso ainda não é motivo para levá-lo a uma concessionária. É só uma questão de deixá-lo descansar por cerca de dez minutos para o motor dar a partida com aquele som agradável: *vrum- -vrum*. "É preciso ter paciência", eu pensava. Pelo menos uma ou duas vezes por mês, as pessoas podem se sentir indispostas e as coisas podem nem sempre dar certo. O mundo é assim. Meu marido costuma

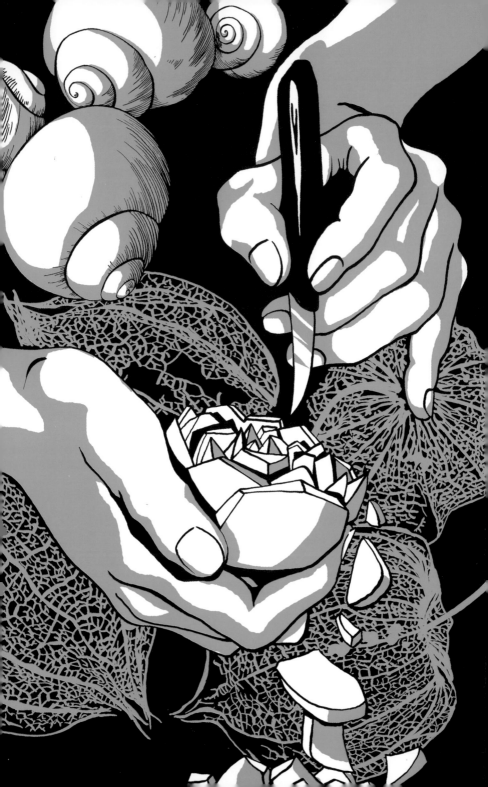

dizer que o meu carro é o "meu burro de carga"; mas, independentemente do que ele diga, o carro é meu.

Eu costumo ir com o City fazer compras no supermercado. Ao voltar, limpo a casa e lavo as roupas. Preparo o almoço. Procuro, na medida do possível, movimentar o corpo durante o período da manhã. Inclusive, quando dá tempo, deixo o jantar pronto. Isso me permite ter a tarde toda para mim.

Meu marido volta para almoçar em casa um pouco depois do meio-dia. Ele não gosta de comer fora. "Os restaurantes são cheios, a comida é ruim e a roupa fica cheirando a cigarro", ele diz. Apesar do tempo gasto para ir e vir, ele prefere almoçar em casa. De qualquer modo, eu não preparo pratos muito elaborados para o almoço. Esquento as sobras do jantar no micro-ondas e, quando não há sobras, preparo um macarrão *soba*, de trigo-sarraceno. Assim, não perco muito tempo preparando as refeições. E, para mim, é melhor e mais divertido almoçar com ele do que ter de comer quieta e sozinha.

No começo, quando ele acabara de abrir o consultório, nem sempre havia um cliente agendado no primeiro horário da tarde e, quando isso acontecia, nós aproveitávamos para ir para a cama após o almoço. O sexo era muito bom. O ambiente era silencioso e a serena luz da tarde preenchia o nosso quarto. Éramos muito mais jovens e muito mais felizes do que hoje.

Mas, mesmo hoje, é claro que acho que somos felizes. Não temos nenhum problema de família e eu amo o meu marido e confio nele. E acho que ele sente o mesmo por mim. Mas, com o passar dos meses e dos anos, é natural que ocorram mudanças na qualidade de vida. Hoje em dia, os horários da tarde estão sempre agendados. Assim que termina o almoço, ele corre para o banheiro para escovar os dentes e, sem perda de tempo, pega o carro e volta para o consultório. Centenas, milhares de dentes cariados o aguardam. Mas, como sempre costumávamos dizer, não podemos nos dar ao luxo de reclamar.

Assim que o meu marido retorna para o consultório, eu pego o meu maiô e a minha toalha e vou de carro até um clube esportivo nas redondezas. Costumo nadar durante trinta minutos. Uma atividade extremamente vigorosa. Não é que eu goste de nadar. Eu nado apenas porque não quero engordar. Eu sempre gostei das curvas do meu corpo. Mas, para ser sincera, nunca gostei do meu rosto. Ele não é de todo ruim, mas, mesmo assim, não consigo gostar dele. Em compensação, eu gosto do meu corpo. Gosto de ficar nua em frente ao espelho; de contemplar seu delicado contorno e sentir nele a presença de uma harmoniosa vitalidade. Eu sinto que ele possui algo que é muito importante para mim. Não sei exatamente o que é, mas, seja o que for, eu não quero perdê-lo. Não posso perder isso.

Estou com trinta anos. Aos trinta descobre-se que isso não é o fim do mundo. Não digo que é agradável envelhecer, mas há de se convir que certas coisas tornam-se mais fáceis com a idade. Tudo é uma questão de ponto de vista. Uma coisa é certa: se uma mulher de trinta anos realmente ama o seu corpo e deseja mantê-lo em forma, precisa se empenhar muito. Isso eu aprendi com a minha mãe. Antigamente, ela era uma mulher bonita e esbelta, mas, infelizmente, hoje ela deixou de sê-lo. Eu não quero ficar como ela.

Dependendo do dia, eu faço algo diferente depois de nadar. Às vezes, vou até o shopping da estação e fico à toa olhando as vitrines, ou então volto para casa, sento no sofá, leio um livro escutando uma rádio FM e, por fim, acabo cochilando. Pouco depois, meu filho volta da escola. Troco sua roupa e lhe dou um lanchinho. Após comer, ele sai para brincar. Ele costuma brincar com os amigos. Como está no segundo ano, ainda não frequenta cursinhos nem aulas particulares de reforço. Meu marido é da opinião de que é melhor deixá-lo brincar, e que é brincando que a criança cresce naturalmente. Quando meu filho vai brincar eu digo "tome cuidado", e ele responde "não se preocupe". É como meu marido costuma dizer.

No final da tarde, começo a preparar o jantar. Meu filho volta lá pelas seis da tarde e liga a TV para assistir a desenhos animados. Meu marido costuma chegar em casa antes das sete, isso quando não precisa ficar mais tempo para atender algum paciente de última hora. Ele não bebe nada alcoólico e tem aversão ao convívio social. Ao terminar o trabalho ele normalmente volta direto para casa.

Durante a refeição, nós três costumamos conversar. Contamos o que aconteceu durante o dia. E, dentre nós, o que mais tem o que contar é o nosso filho. Obviamente, cada coisa que acontece com ele tem um sabor de novidade e possui uma certa aura de mistério. Nosso filho fala e meu marido e eu comentamos a respeito. Após o jantar, meu filho vai brincar sozinho: assiste TV, lê um livro e, às vezes, joga algo com o pai. Quando tem lição de casa, ele se enfurna no quarto para estudar. Às oito e meia vai para a cama dormir. Eu coloco um cobertor sobre ele, acaricio seus cabelos, desejo-lhe "boa noite" e apago a luz.

Depois, é o tempo do casal. Meu marido senta no sofá, lê o jornal vespertino e, nos intervalos da leitura, conversa comigo. Ele fala dos seus clientes, comenta sobre algum artigo do jornal enquanto escuta Haydn e Mozart. Não é que eu não goste desse tipo de música, mas até hoje não consigo discernir a diferença entre Haydn e Mozart. Para mim, é tudo a mesma coisa. Quando faço esse tipo de comentário, meu marido responde: "Não importa a diferença; basta saber que é belo, nada mais."

– Como você, não é? – eu respondo.

– Isso mesmo. Como eu, que sou bonito – diz ele sorrindo, bem-humorado.

* * *

Essa é minha vida. Ou melhor, era minha vida antes de eu não conseguir dormir. De um modo geral, todos os dias eram praticamente iguais, uma mera repetição. Eu escrevia um diário, mas se eu me esquecesse de escrevê-lo dois ou três dias já não sabia mais diferenciar um dia do outro. Se eu trocasse o ontem pelo anteontem, não faria diferença alguma. Às vezes eu pensava, "que vida é essa", mas nem por isso sentia um vazio. Eu me sentia simplesmente assustada. Assustada por não conseguir discernir o ontem do anteontem. Assustada pelo fato de eu pertencer a essa vida e ter sido tragada por ela. Assustada por constatar que minhas pegadas foram levadas pelo vento sem que eu tivesse tempo de me virar e constatar a existência delas. Quando eu me sentia assim, eu ficava em frente ao espelho do banheiro contemplando meu rosto. Permanecia em silêncio durante cerca de quinze minutos mantendo a mente vazia, sem pensar em nada. Observava detidamente o meu rosto como se ele fosse apenas um objeto. Ao fazer isso, meu rosto gradativamente se dissociava de mim e passava a ser uma *coisa* com vida própria. Essa dissociação me ajudava a tomar consciência do meu presente. Conscientizar-me de um fato bem importante: a minha existência estava no aqui e no agora, sem nenhuma relação com as pegadas que deixei.

Mas agora eu não consigo dormir. E, desde então, desisti de escrever o diário.

2

Eu tinha uma nítida lembrança do que aconteceu naquela primeira noite em que não consegui dormir. Naquele dia eu tive um sonho ruim. Um pesadelo sombrio e viscoso. Não me lembro do sonho em si, mas de uma coisa eu me lembro muito bem: a terrível sensação de mau agouro que ele transmitia. Eu acordei no clímax desse sonho. Acordei num sobressalto, como se alguém tivesse me resgatado daquele pesadelo no momento crucial, quando eu estava prestes a dar um passo irreparável. Após despertar fiquei um bom tempo ofegante. Meus braços e pernas formigavam e eu não conseguia movê-los com facilidade. Permaneci imóvel e, como se eu estivesse deitada numa caverna vazia, só conseguia ouvir minha respiração ecoando nos meus ouvidos de modo extremamente desagradável.

"Foi apenas um sonho", pensei. E, deitada, aguardei a respiração se estabilizar. Meu coração palpitava de modo intenso e, para bombear rapidamente o sangue, meus pulmões inflavam e contraíam como um fole. Mas, com o passar do tempo, minha respiração foi gradativamente voltando ao normal. "Que horas serão?", pensei. Tentei olhar o relógio da cabeceira, mas não consegui virar o pescoço. Nesse exato momento, tive a impressão de ter visto alguma coisa no pé da cama. Parecia uma sombra negra e indistinta. Contive a respiração. Por instantes, meu coração, meus pulmões, enfim, todos os órgãos do meu corpo pareciam congelados. Forcei os olhos para tentar enxergar aquela sombra.

Ao fitá-la atentamente, ela começou a tomar forma, como se aguardasse aquele meu olhar. Os contornos se tornaram nítidos, na forma de um corpo, e revelaram seus detalhes: era um velho magro de agasalho preto. Seus cabelos eram grisalhos, curtos, e as bochechas, fundas. O velho estava em pé, parado, na beira da cama. Fitava-me em silêncio com um olhar penetrante. Seus olhos eram grandes e com os vasos sanguíneos vermelhos e dilatados. Seu rosto, porém, era desprovido de expressão. Ele não se dignava a falar comigo. Era vazio como um buraco. "Isso não é um sonho", pensei. Eu já estava acordada. E o despertar não fora tranquilo, pois fui praticamente forçada a isso, num sobressalto. Mas eu não estava sonhando. *Aquilo era a realidade.* Tentei me mexer. Pensei em acordar o meu marido ou acender a luz. Mas, por mais que eu tentasse me mover, não conseguia. Não conseguia mexer sequer um dedo. Ao constatar que eu não conseguia me mover, entrei em pânico. Um pavor gélido fluía silenciosamente de uma fonte primária no poço sem fundo da memória; uma assustadora sensação de medo se apoderava do meu ser. Tentei gritar, mas minha voz não conseguia sair da boca. A língua não me obedecia. A única coisa que eu conseguia fazer era fitar o velho.

Ele segurava alguma coisa na mão. Algo comprido e arredondado. O brilho era esbranquiçado. Olhei aquilo em silêncio. Enquanto eu observava aquela *coisa*, seus contornos foram se tornando mais nítidos. Era um regador. O velho ao pé da cama segurava um regador. Um regador antigo de cerâmica. Um tempo depois, ele o ergueu e começou a jogar água nos meus pés. Mas eles não sentiam a água. Eu a via caindo sobre os meus pés. Escutava seu barulho. Mas os pés não sentiam nada.

 O velho não parava de jogar água sobre os meus pés. E o estranho era que a água do regador nunca acabava. Comecei a pensar que, se ele não parasse, os meus pés se dissolveriam, apodrecidos. Afinal, não seria nada estranho que apodrecessem, tamanha a quantidade de água que ele jogava sem parar. Ao pensar nessa possibilidade, eu já não podia mais aguentar aquilo.

 Fechei os olhos e gritei o mais alto que pude. O grito ecoou no vácuo sem emitir som e, sem ter por onde escapar,

circundou meu corpo, interrompendo por instantes as batidas do meu coração. Um vácuo se formou em minha mente. O grito percorreu todas as minhas células, de ponta a ponta. Alguma coisa dentro de mim havia morrido. Como a onda que se segue à explosão, esse grito silencioso queimou muitas coisas relacionadas à minha existência, arrancando-as abruptamente pela raiz.

Quando abri os olhos, o velho havia desaparecido. O regador também. Olhei os meus pés. Não havia vestígio de água na cama. O cobertor continuava seco. Em compensação, meu corpo estava encharcado de suor. A quantidade de suor era imensa. Era difícil de acreditar que uma pessoa seria capaz de suar tanto. Mas aquilo era o meu suor.

Movimentei um dedo, depois outro, e dobrei o braço. Em seguida, movimentei as pernas, girei os tornozelos e dobrei os joelhos. Os movimentos ainda não estavam normais, mas consegui fazê-los, ainda que com certa dificuldade. Com muito cuidado, certifiquei-me de que o meu corpo se movia, antes de tentar me levantar. Olhei todos os cantos do quarto, iluminado pela vaga luz da rua. O velho não estava ali.

 O relógio da cabeceira marcava meia-noite e meia. Como fui me deitar um pouco antes das onze, significava que eu havia dormido cerca de uma hora e meia. Na cama ao lado, meu marido dormia profundamente. Ele parecia estar desmaiado e, sem emitir sequer um leve ronco, continuava num sono profundo. Uma vez que pegava no sono, só mesmo com muito custo ele conseguia acordar.

 Levantei-me da cama, fui ao banheiro, tirei a roupa ensopada de suor, joguei-a para lavar e tomei um banho. Enxuguei o corpo, tirei um pijama limpo da gaveta e me vesti. Em seguida, fui para a sala, acendi a luz da sanca, sentei-me no sofá e tomei uma dose de conhaque. Era raro eu tomar bebidas alcoólicas. Não que eu fosse como o meu marido, que não tem predisposição física para a bebida. Antigamente até que eu bebia, e muito, mas, depois que me casei, de uma hora para outra parei de beber. Mas, naquela noite, não podia deixar de beber algo para relaxar os meus nervos abalados.

No armário havia uma garrafa de Rémy Martin. Era a única bebida que tínhamos em casa. Ganhamos de alguém. Isso foi há tanto tempo que não lembrava mais quem tinha nos dado. Uma leve camada de pó cobria a garrafa. Como não tinha uma taça apropriada para o conhaque, coloquei uns dois centímetros da bebida num copo comum e comecei a tomá-la aos golinhos.

Meu corpo ainda tremia um pouco, mas o medo não era mais tão intenso.

"Deve ter sido uma espécie de transe", pensei. Fora a primeira vez que me ocorrera aquilo, mas já havia escutado a história de uma amiga da faculdade que tinha passado por um. Ela contou que parecia tão real que não dava para acreditar que fosse um sonho. "Naquela hora e, ainda hoje, não consigo acreditar que aquilo foi um sonho", disse ela. Eu também achava que não tinha sido um sonho. Mas, de certo modo, fora um. Um tipo de sonho que não era exatamente um sonho.

Apesar de o medo ter se apaziguado, meu corpo continuava a tremer. Minha pele tremulava como a superfície da água após um terremoto. Eram tremores que podiam ser vistos a olho nu. Possivelmente, consequência daquele grito mudo. Aquele grito não emitido continuava dentro de mim, provocando tremores no meu corpo.

Fechei os olhos e tomei mais um gole de conhaque. Senti a bebida passar pela garganta e descer devagar em direção ao estômago. A bebida parecia ter vida própria.

De repente, fiquei preocupada com meu filho. Ao pensar nele, meu coração novamente começou a palpitar. Levantei-me do sofá e rapidamente fui até o quarto dele. Ele também dormia profundamente.

Uma das mãos estava sobre a boca e a outra estendida para o lado. Ele parecia dormir tranquilo, tal qual o pai. Arrumei o cobertor e cobri-lhe o corpo. Não sei o que foi aquela coisa que perturbou brutalmente o meu sono, mas, o que quer que tenha sido, sua intenção foi apenas me atacar. Tanto meu filho quanto meu marido não sentiram nada.

Voltei para a sala e fiquei à toa, andando de um lado para outro. Não tinha sono.

Pensei em tomar mais um gole de conhaque. Eu realmente estava com vontade de beber mais. Queria aquecer um pouco mais o corpo e relaxar os nervos. Queria sentir na boca o aroma intenso da bebida. Após um período de indecisão, resolvi que não deveria beber. Não queria uma ressaca na manhã seguinte. Guardei o conhaque no armário e lavei o copo na pia da cozinha. Depois, peguei alguns morangos na geladeira e os comi.

Quando me dei conta, o tremor já não estava mais tão intenso.

"O que era aquele velho vestido de preto?", pensei. Nunca o tinha visto antes. Sua roupa preta também era muito estranha. O agasalho era justo, mas o modelo parecia bem antigo. Era a primeira vez que eu via aquele tipo de roupa. E aqueles olhos. Olhos vermelhos que nem sequer piscavam. Quem era aquele homem? Por que ele jogava água nos meus pés? Por que ele tinha de fazer aquilo?

Não estava entendendo nada. Não encontrava nada que fizesse sentido.

Quando minha amiga teve um transe, ela disse que estava hospedada na casa do noivo. Enquanto ela dormia, um homem de expressão zangada apareceu e lhe disse para sair daquela casa. Naquele momento, ela ficou petrificada, impossibilitada de se mover. E igualmente ensopada de suor. Aquele homem só podia ser o fantasma do falecido pai do noivo. Ela achou que o pai dele a estava expulsando da casa. Mas, no dia seguinte, quando o noivo mostrou-lhe a foto do pai, ela constatou que o rosto dele era completamente diferente do homem da noite anterior.

"Talvez eu estivesse muito nervosa", disse ela, e atribuiu esse nervosismo ao momento de transe.

Mas, no meu caso, eu não estava tensa, e estava na minha casa. Não haveria motivos para alguém querer me afugentar. Por que, justo naquele momento, eu havia passado por aquilo?

Balancei a cabeça. De nada adiantaria remoer os pensamentos. Aquilo fora apenas um sonho real. Meu corpo poderia estar cansado. Talvez porque eu houvesse jogado tênis no dia anterior. Após nadar, uma amiga que por acaso encontrei no clube me convidou para uma partida e acabei me excedendo. Lembro que meus braços e pernas ficaram fracos depois do jogo.

Ao terminar os morangos, deitei-me no sofá. Fechei os olhos.

Eu estava sem um pingo de sono.

"Mas que coisa", pensei, "não tenho sono".

Resolvi ler um livro até pegar no sono. Fui para o quarto escolher um na estante. Apesar de eu acender as luzes para isso, meu marido nem sequer se mexeu. Escolhi *Anna Karenina*. Minha intenção era ler um romance longo de um escritor russo. Fazia muito tempo que eu tinha lido aquele livro. Se não me engano, eu estava no ensino médio. Não me lembro exatamente do enredo. Os únicos trechos dos quais me lembro são o início e o fim, quando a protagonista se suicida na linha de trem. O romance se inicia com a frase "Todas as famílias felizes se parecem, cada família infeliz é infeliz à sua maneira". Se não me engano, era assim que começava. E, logo no começo, havia uma cena que sugeria o posterior suicídio da protagonista, a heroína do romance. Ou será que isso era de um outro livro?

Seja como for, voltei para o sofá e comecei a lê-lo. Há quanto tempo eu não

me sentava no sofá para ler tranquilamente um livro? É claro que durante a tarde, quando sobrava tempo, eu lia por meia ou uma hora. Mas não era exatamente uma leitura séria. Eu sempre me distraía pensando em várias coisas: sobre o meu filho ou as compras, a geladeira que não estava funcionando bem, que roupa usar no casamento de um parente, meu pai que havia operado o estômago um mês antes; enfim, coisas desse tipo começavam a ocupar a minha mente e se desdobravam em infinitos assuntos, tomando diversos rumos. Quando eu me dava conta, o tempo havia fluído sem eu avançar a leitura.

Foi assim que, de uma hora para outra, habituei-me a uma vida sem leitura. Pensando bem, isso era muito estranho, pois, desde criança, minha vida gravitava em torno dos livros. No primário, eu lia os livros da biblioteca e gastava praticamente toda a minha mesada em livros. Economizava até o dinheiro do lanche para comprá-los. No fundamental e no ensino médio, não havia ninguém que lesse mais do que eu. Eu era a filha do meio dentre cinco irmãos e meus pais estavam sempre ocupados com o trabalho. Ninguém da família se importava comigo. Por isso, eu podia ler à vontade, do jeito que eu bem entendesse. Eu sempre participava de concursos de ensaios literários. O que me interessava era o prêmio em cupons de livros, e não foram poucas as vezes em que ganhei. Na faculdade, cursei letras, inglês, e sempre tirei boas notas. A monografia de conclusão de curso foi sobre Katherine Mansfield, e fui aprovada com nota máxima. Os professores me perguntaram se eu não queria continuar na faculdade e seguir carreira na pós-graduação. Mas, naquela época, eu queria conhecer o mundo. Sinceramente, eu não fazia o tipo intelectual, e estava ciente disso. Eu simplesmente gostava de ler livros. E, mesmo que eu optasse por continuar os estudos, minha família não teria condições financeiras para arcar com as despesas de uma pós-graduação. Não que fôssemos pobres, mas eu tinha ainda duas irmãs mais novas. Por isso, assim que me formei, tratei logo de sair de casa e conquistar minha independência. Literalmente, eu precisava sobreviver com as próprias mãos.

Quando foi a última vez em que li um livro inteiro, com atenção? Qual era o título do livro? Por mais que eu tente, não consigo me lembrar. Por que será que a vida da gente muda de modo tão radical? Para onde foi aquela eu de antigamente, apaixonada por livros? O que significaram para mim todos aqueles anos de intensa – e até anormal – paixão por livros?

Mas, naquela noite, consegui me concentrar na leitura de *Anna Karenina*. Consegui avançar as páginas totalmente absorta na leitura, sem me distrair. Após ler de um só fôlego até o trecho em que Anna conhece Vronski na estação de trem em Moscou, coloquei o marcador e fui pegar novamen-

te a garrafa de conhaque. Servi um copo e bebi.

Na primeira vez em que li esse livro, não me ocorreu que ele tinha algo de muito estranho. A heroína da história, Anna, só aparece no capítulo 18. Será que o leitor daquela época não achava isso estranho? Refleti durante um tempo. Será que os leitores conseguiam aguardar pacientemente as infindáveis descrições de um personagem tão sem graça como o Oblonski até a entrada da linda heroína? Acho que sim. Possivelmente, os leitores daquela época tinham muito tempo. Ao menos os da camada social que lia romances.

De repente, olhei o relógio, que indicava três horas. Três horas! E eu continuava sem sono.

"E agora, o que vou fazer?", pensei.

Não estou com o menor sono. Posso continuar a ler o romance. Tenho muita vontade de prosseguir na leitura. Mas preciso dormir.

Me lembrei daquela vez em que tive insônia e que vivia o dia inteiro como que envolta numa nuvem. Não queria passar por aquilo de novo. Naquela época eu ainda era uma estudante. Podia-se dar um jeito. Mas agora a situação era outra. Eu era esposa e mãe. Tinha responsabilidades. Precisava preparar o almoço do meu marido e cuidar do meu filho.

No entanto, do jeito que estou, acho que não vou conseguir dormir, mesmo que eu fique deitada na cama. Eu sabia disso. Balancei a cabeça. Não havia o que fazer. Independentemente do que eu fizesse, não conseguiria dormir e, por mim, eu bem que gostaria de continuar lendo. Suspirei e olhei o livro sobre a mesa.

Por fim, resolvi ler *Anna Karenina* até o amanhecer. Anna e Vronski se reencontraram num baile, trocaram olhares e se apaixonaram perdidamente. No hipódromo (realmente havia uma cena no hipódromo), Anna fica desesperada ao ver o cavalo de Vronski cair e decide revelar ao marido a sua infidelidade. Eu estava montada no cavalo com Vronski, e saltava com ele os obstáculos e escutava o aclamar de inúmeras vozes. E acompanhei da plateia o momento em que Vronski foi ao chão. Ao amanhecer, coloquei o livro sobre a mesa, fui para a cozinha e fiz um café. As cenas do romance, vívidas em minha mente, e a intensa fome que repentinamente comecei a sentir fizeram com que eu não conseguisse pensar em mais nada. Minha consciência e meu corpo pareciam estar desalinhados. Cortei o pão, passei manteiga, mostarda, e fiz um sanduíche de queijo. Comi em pé, de frente para a pia. Raramente eu me sentia tão esfomeada. Mas, dessa vez, a fome era tanta e tão intensa que parecia me sufocar. Mesmo depois de comer o sanduíche, continuei a sentir fome e, por isso, preparei outro. Tomei mais uma xícara de café.

3

Não contei para o meu marido sobre o estado de transe nem que passei a noite sem dormir. Minha intenção não era esconder os fatos. Apenas achei desnecessário lhe contar. De nada adiantaria falar sobre isso; não era grave ficar uma noite sem dormir. Todo mundo já deve ter passado por isso.

Como de costume, servi o café para ele e leite quente para o meu filho. Meu marido comeu uma torrada; meu filho, *cornflakes*. Meu marido ficou passando os olhos no jornal e meu filho cantarolava bem baixinho uma canção nova que aprendera na escola. Os dois entraram no Bluebird e foram embora. Eu disse "tomem cuidado". "Não se preocupe", respondeu meu marido. Os dois acenaram para mim. Era sempre a mesma coisa.

Após eles saírem, sentei no sofá e pensei no que fazer. "O que devo fazer?

O que realmente preciso fazer?" Fui à cozinha, abri a geladeira e verifiquei o que havia ali. Constatei que, mesmo que eu não fizesse compras naquele dia, não haveria problema. Havia pão. Havia leite. Ovos. Havia carne congelada. Verduras. Era comida suficiente para fazer até o almoço do dia seguinte.

Eu precisava passar no banco, mas não necessariamente naquele dia. Poderia deixar para o dia seguinte.

Me sentei no sofá e continuei a ler *Anna Karenina*. Ao reler esse romance percebi que praticamente não me lembrava mais do enredo. Poderia dizer o mesmo em relação aos protagonistas e às cenas. A impressão era de ler outro romance. "Que sensação estranha", pensei. Quando o li pela primeira vez, me lembro de ter ficado muito emocionada, mas, no final das contas, nada me restara da experiência. Em algum momento, as lembranças de um sentimento intenso desapareceram sorrateiramente, sem deixar vestígios.

Sendo assim, qual teria sido o mérito de eu ter gasto uma infinidade de horas no passado lendo todos aqueles livros?

    Interrompi a leitura e parei para refletir sobre o assunto. Mas não consegui descobrir a razão de ter feito aquilo e, um tempo depois, já não sabia mais o que estava pensando. Quando dei por mim, eu observava uma árvore através da janela. Balancei a cabeça e voltei ao livro.

    Após ler mais da metade do primeiro volume, encontrei um pedacinho de chocolate grudado numa das páginas. Ele estava seco e todo fragmentado. Quando estava no ensino médio, eu devia ter lido aquele livro comendo chocolate. Eu adorava ler livros comendo alguma coisa. Por falar nisso, depois que me casei praticamente deixei de comer chocolate. Talvez pelo fato de meu marido não gostar de doces. Dificilmente oferecemos doces para o nosso filho. Por isso, não temos nenhum tipo de doce em casa.

Ao observar os fragmentos esbranquiçados do chocolate com mais de dez anos, senti uma imensa vontade de comer chocolate. Assim como fazia antigamente, queria ler *Anna Karenina* comendo chocolate. Todas as células do meu corpo desejavam ardentemente comer esse doce, a ponto de eu sentir a respiração curta e os músculos retesados.

Vesti um cardigã, peguei o elevador e desci. Fui até a doceria perto de casa e comprei dois tabletes de chocolate ao leite, daqueles que parecem bem doces. Assim que saí da loja, abri um deles e comi um pedaço da barra no trajeto de volta para casa. O gosto do chocolate se espalhou pela boca. No mesmo instante, senti que todo o meu corpo, dos pés à cabeça, sugava diretamente aquela doçura. Ao entrar no elevador comi o segundo pedaço. O aroma do chocolate se espalhou no elevador.

Me sentei no sofá e continuei a leitura de *Anna Karenina*. Continuava sem um pingo de sono. Também não estava cansada. Eu poderia continuar a leitura para sempre. Após comer todo o chocolate, rasguei a embalagem do segundo tablete e o comi até a metade. Após ler dois terços do primeiro volume, olhei para o relógio. Eram onze e quarenta da manhã.

 Onze e quarenta?

 Daqui a pouco o meu marido volta para casa. Fechei rapidamente o livro e fui para a cozinha. Coloquei água na panela e acendi o fogão. Depois, cortei a cebolinha bem fininha e, enquanto a água para o macarrão aquecia, aproveitei para reidratar a alga *wakame* e preparar alguns legumes temperados à base de vinagre. Tirei o queijo de soja da geladeira e fiz um *hiyayakko*, queijo de soja temperado com cebolinha picada e gengibre ralado. Em seguida, fui ao banheiro escovar os dentes para tirar o cheiro de chocolate.

 Meu marido chegou praticamente na mesma hora em que a água ferveu. Ele disse que havia terminado o serviço mais cedo.

Durante a refeição, ele falou sobre um novo equipamento que estava pensando em comprar. Era um equipamento capaz de remover tártaro dos dentes, bem melhor e mais eficiente do que o que ele tinha. O preço, como era de se esperar, era alto, mas, segundo ele, o investimento poderia ser recuperado em pouco tempo. "É que ultimamente muitos pacientes me procuram somente para remover tártaro", ele justificou. "O que você acha?", perguntou em seguida. Eu não estava nem um pouco interessada no assunto. Não queria conversar sobre isso durante o almoço e, tampouco, pensar seriamente nisso. Eu pensava nas corridas de cavalos com obstáculos. Não queria pensar em tártaro. No entanto, não podia dizer isso, pois eu sabia que, para ele, o assunto era sério. Perguntei quanto custava o equipamento e fingi pensar seriamente no tema. "Se o equipamento é importante", respondi, "acho que você deve comprá-lo". E o tranquilizei dizendo que, "quanto ao dinheiro, sempre se pode dar

um jeito. Afinal, você não está gastando só por diversão".

"É mesmo", ele concordou. "Não estou gastando só por diversão", disse ele, repetindo minhas palavras. Depois dessa conversa, ele terminou a refeição em silêncio.

Um pássaro grande no galho de uma árvore gorjeava através da janela. Eu observava o pássaro sem de fato prestar atenção nele. Não estava com sono. Estava acordada havia muito tempo mas não sentia sono. Por quê?

Enquanto eu lavava a louça, meu marido sentou-se no sofá e começou a ler o jornal. O romance *Anna Karenina* estava ao lado do jornal, mas ele não deu a mínima para o livro. Para ele, não fazia diferença se eu estava lendo aquilo ou não.

Quando terminei de lavar a louça, meu marido disse que tinha uma boa notícia e pediu para que eu adivinhasse o que era.

"Não sei", respondi.

"O primeiro paciente da tarde cancelou a consulta e estou livre até a uma e meia", disse, sorrindo.

Parei para pensar a respeito, mas não entendi por que aquilo era uma notícia boa. Por que seria?

Só entendi sua insinuação para fazermos sexo quando ele me convidou para ir à cama. Mas eu não estava nem um pouco a fim. Não entendia por que eu tinha de me sujeitar a fazer sexo. Eu queria voltar a ler o livro o quanto antes. Queria ficar sozinha e, deitada no sofá, ler *Anna Karenina* comendo chocolate. Enquanto eu lavava a louça fiquei pensando o tempo todo naquele homem chamado Vronski. Como Tolstoi consegue tornar os seus personagens tão envolventes? É incrível como ele consegue controlá-los e descrevê-los com tamanha precisão. Mas essa mesma precisão de alguma forma negava a eles qualquer tipo de redenção. Em outras palavras, aquilo colocava em questão a capacidade de haver uma salvação, que seria...

Fechei os olhos e apertei as têmporas com os dedos. Comentei com o meu marido que estava sentindo dor de cabeça desde a manhã. "Me desculpe, estou com dor de cabeça", respondi. De vez em quando, eu tinha fortes dores de cabeça, e, por isso, meu marido aceitou minha queixa sem contestá-la. "É melhor você se deitar e descansar um pouco, e evite se sobrecarregar", disse ele. "A dor não está tão forte assim", respondi. Ele ficou sentado no sofá até pouco depois da uma, lendo jornal tranquilamente e ouvindo música. Um tempo depois, ele retomou a conversa sobre o equipamento e disse que, mesmo comprando um aparelho novo e caro, em dois ou três anos ele se tornaria obsoleto e seria necessário trocá-lo; e, nessa história, os únicos que sairiam lucrando seriam os fabricantes. Enquanto ele falava, eu concordava de maneira monossilábica, mas, na verdade, não prestava atenção na conversa.

* * *

Depois que ele saiu para o consultório, dobrei o jornal e dei algumas batidas na almofada do sofá para ajeitá-la. Me encostei no caixilho da janela para observar a sala. Eu não conseguia entender o que se passava. Por que será que eu não tinha sono? Eu já havia passado noites em claro antes. Mas nunca aconteceu de ficar tanto tempo sem dormir. O normal seria eu já ter dormido e, mesmo que não tivesse, deveria estar com tanto sono, mas tanto sono, que mal conseguiria ficar em pé. O fato é que agora eu não estava com sono, e minha consciência estava lúcida.

  Fui para a cozinha e requentei o café. Depois, pensei no que deveria fazer. Eu queria continuar a ler *Anna Karenina*, mas, ao mesmo tempo, queria ir para o clube nadar. Após um bom tempo indecisa, resolvi que seria melhor nadar. Não sei explicar direito, mas senti um profundo desejo de afugentar algo que havia dentro de mim. Afugentar. Mas, afinal, o que eu queria espantar? Pensei um tempo a respeito. O que eu quero afugentar?

Não sei.

De qualquer modo, essa *coisa* estava dentro de mim e parecia ser um tipo de possibilidade que pairava, ainda que de modo vago. Eu queria dar um nome a isso, mas a palavra não me vinha à mente. Encontrar a palavra certa não era minha especialidade. Tolstoi, certamente, encontraria a palavra exata.

De qualquer modo, como de costume, coloquei o maiô na bolsa e fui para o clube dirigindo o meu City. Na piscina, não encontrei nenhum conhecido. Havia somente um rapaz jovem e uma mulher de meia-idade. O salva-vidas observava a piscina entediado.

Vesti o maiô e, como sempre, nadei trinta minutos. Mas, desta vez, trinta minutos pareceram pouco. Resolvi nadar mais quinze. Para finalizar, canalizei todas as minhas forças e fiz ida e volta a toda velocidade em estilo crawl. Fiquei ofegante, mas, mesmo assim, sentia que meu corpo transbordava energia. Quando saí da piscina, as pessoas que estavam ao redor me fitaram desconfiadas.

Como ainda eram três da tarde e eu estava com tempo, peguei o carro e fui até o banco resolver um assunto. Pensei em passar no supermercado, mas, após relutar durante um tempo, resolvi voltar para casa. Continuei a leitura de *Anna Karenina* e comi o resto do chocolate. Quando meu filho chegou, às quatro, dei-lhe suco e uma gelatina de frutas que eu havia preparado. Depois, comecei a fazer o jantar. Para começar, tirei a carne do congelador e cortei verduras para refogar. Preparei uma sopa de missô e coloquei o arroz para cozinhar. Fiz tudo rapidamente e de modo mecânico.

Continuei a leitura de *Anna Karenina*. Não estava com sono.

4

Às dez da noite, eu e meu marido fomos nos deitar. Fingi que ia dormir. Ele adormeceu em questão de segundos, assim que apaguei a luz da cabeceira. Era como se a consciência dele e o interruptor da lâmpada estivessem conectados.

"Que maravilha", pensei. Pessoas assim são raras. A quantidade de gente que sofre por não conseguir dormir é bem maior. Meu pai era um. Ele sempre reclamava da dificuldade de pegar no sono. Além da dificuldade para dormir, ele acordava com qualquer barulhinho ou com a presença de alguém.

Mas meu marido não, ele era totalmente diferente. Uma vez que dormia, independentemente do que acontecesse, ele só acordava no dia seguinte. Assim que nos casamos, eu achava tão estranho que cheguei a testar várias maneiras de acordá-lo.

Pinguei água em seu rosto com um conta-gotas e cheguei a passar um pincel na ponta do nariz dele. Nada disso adiantou. Se eu persistia, a única reação dele era soltar um som de desagrado. Ele nem sequer sonhava. Ou, quando muito, não conseguia se lembrar do que sonhara. Obviamente, ele nunca teve um transe. Ele apenas dormia profundamente, como uma tartaruga enterrada na lama.

Que maravilha.

Após ficar dez minutos deitada, me levantei sem fazer barulho. Fui para a sala, acendi a luz e me servi de conhaque. Me sentei no sofá e prossegui a leitura, bebendo aos golinhos. Me lembrei do chocolate guardado no armário e fui pegá-lo. Amanheceu. Com o raiar do dia, fechei o livro, preparei o café e fiz um sanduíche.

Todos os dias era a mesma coisa.

Eu terminava rapidamente as tarefas domésticas e, no período da manhã, ficava lendo o livro. Na hora do almoço, parava a leitura e preparava a refeição. Depois

que meu marido saía de casa, um pouco antes da uma, eu pegava o carro e ia nadar na piscina. Desde o dia em que eu não conseguia mais dormir, diariamente passei a nadar durante uma hora. Trinta minutos era pouco. Enquanto eu nadava, eu me concentrava somente no ato de nadar. Não pensava em mais nada. Minha única preocupação era movimentar o corpo com eficiência e manter a respiração correta e em ritmo regular. Ao encontrar alguns conhecidos, eu me limitava a cumprimentá-los, sem me envolver nas conversas. Quando me convidavam para fazer algo eu sempre dava a desculpa de que precisava voltar logo para casa a fim de resolver algum assunto. Eu não tinha tempo para jogar conversa fora. Após nadar o que podia, a única coisa que eu queria era voltar o mais rápido possível para casa e continuar a leitura.

    Como parte das minhas obrigações eu fazia as compras, preparava as refeições e dava atenção ao meu filho. Por obrigação eu fazia sexo com meu marido. O hábito torna as tarefas simples de serem realizadas. Pode-se dizer que elas se tornam fáceis. Basta desconectar a mente do corpo. Enquanto meu corpo se movimentava à vontade, minha mente pairava em seu próprio espaço exclusivo. Eu arrumava a casa, dava o lanche para meu filho e conversava banalidades com meu marido, sem pensar em nada.

    Depois que deixei de dormir, passei a considerar fácil administrar a realidade. De fato, cuidar da realidade é uma atividade muito simples. Era tão somente a realidade. Consistia apenas em tarefas domésticas. Era como operar uma máquina simples, ou seja, uma vez aprendido o processo, o resto era apenas repetição: apertar um botão aqui e puxar uma alavanca ali; acionar uma engrenagem, fechar a tampa e ajustar o cronômetro. Uma mera repetição.

    Obviamente, de vez em quando ocorriam mudanças: minha sogra vinha jantar conosco ou, num domingo, íamos com nosso filho ao zoológico. Às vezes meu filho tinha diarreia.

Mas isso não me afetava. Eram coisas que passavam por mim como uma brisa silenciosa. Eu falava de amenidades com minha sogra, preparava refeições para quatro, tirava fotos na frente da jaula do urso, esquentava a barriga do meu filho e lhe dava um remédio. Ninguém percebeu que mudei. Ninguém percebeu que eu não dormia, que eu estava lendo um livro extenso e que minha mente estava a centenas de anos, a milhares de quilômetros de distância da realidade. Meu marido, meu filho e minha sogra continuavam, como sempre, falando comigo, sem perceberem que eu realizava mecanicamente as tarefas da realidade, desprovida de sentimentos e emoções. Parecia até que estavam mais à vontade comigo do que de costume.

E assim se passou uma semana.

Quando entrei na segunda semana ininterrupta sem dormir, comecei a ficar preocupada. Queira ou não, era algo anormal. As pessoas dormem, e não existem pessoas que não dormem. Me lembro de ter lido em algum lugar que havia um tipo de tortura que consistia em não deixar a pessoa dormir. Se não me engano, isso foi praticado pelos nazistas. Eles trancavam a pessoa num quarto pequeno e, para evitar que ela dormisse, eles a mantinham com os olhos abertos. Além de lançarem luzes nos olhos, faziam com que escutasse sons barulhentos. A pessoa enlouquecia e acabava morrendo.

Não lembro quanto tempo levava para a pessoa ficar louca. Mas, se não me engano, era em torno de três a quatro dias. No meu caso, já estava havia uma semana sem dormir. Era tempo demais. Mesmo assim, não sentia o corpo debilitado. Muito pelo contrário; me sentia mais saudável do que nunca.

Certo dia, depois do banho, fiquei nua diante do espelho de corpo inteiro. E me surpreendi ao notar que meu corpo irradiava vitalidade. Do pescoço até o tornozelo, não havia excesso de gordura e nem uma ruga sequer. É claro que meu corpo

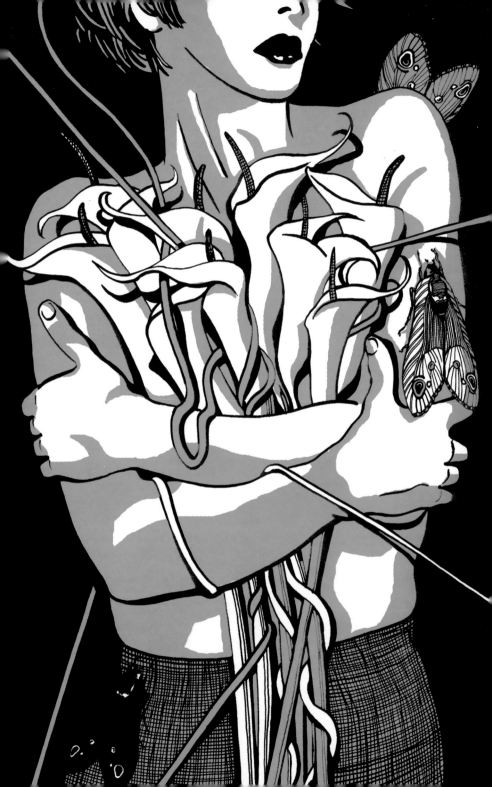

não era mais o mesmo que o da época da adolescência. Mas a pele estava muito mais sedosa e *firme* do que naquela época. Apertei a pele da barriga. Ela estava firme e com excelente elasticidade.

    Constatei que eu estava muito mais bonita do que pensava. Até me achei jovem. Podia passar por uma moça de vinte e quatro anos. Tinha a pele lisa e os olhos brilhantes. Os lábios viçosos e as bochechas, (esta era a parte que eu mais detestava no meu rosto), que até então eram salientes, já não chamavam mais a atenção. Sentei-me diante do espelho e contemplei meu rosto em silêncio por cerca de trinta minutos. Observei-o de vários ângulos e com um olhar objetivo. Não havia me enganado. Eu realmente estava bonita.

    O que havia acontecido comigo?

    Pensei em procurar um médico. Um de confiança e de boa índole, que eu conhecia desde pequena. Mas fiquei deprimida só de pensar na reação dele quando eu contasse o que se passava comigo. Será que acreditaria na minha história? Se eu lhe contar que não durmo há uma semana, ele vai achar que estou com algum distúrbio mental, ou vai dizer que estou com neurose decorrente da insônia. Ou então ele vai acreditar em mim e me encaminhar para algum hospital para fazer exames.

O que acontecerá depois?

Possivelmente, ficarei presa nesse lugar e serei submetida a inúmeros exames: eletroencefalograma, eletrocardiograma, exames de urina, de sangue, testes psicológicos e mais isso e aquilo.

Eu perderia a paciência. O que eu quero é apenas ficar sozinha e ler tranquilamente um livro. Quero também nadar durante uma hora. Quero sobretudo ser livre. É isso. Não quero ser internada num hospital. Mesmo que me internem, o que irão descobrir? Possivelmente, vão realizar inúmeros exames para poder levantar inúmeras hipóteses. Eu não quero ficar presa num lugar assim.

Numa certa tarde, fui à biblioteca procurar algum livro sobre sono. Não ha-

via tantos quanto eu imaginava, e nenhum deles era grande coisa. Em resumo, todos diziam o mesmo: o sono era um período de descanso. Apenas isso. Era como desligar o motor do carro. Se o motor permanece ligado ininterruptamente, cedo ou tarde ele falha. O motor em contínuo funcionamento acaba se aquecendo, e o calor acumulado provoca seu desgaste. Por isso, era necessário desligar o motor para dissipar o calor. Em outras palavras, era preciso esfriá-lo. Ou seja, desligar o motor era o equivalente ao ato de dormir. Nos seres humanos, o ato de dormir significa descansar o corpo e a mente. Assim como o homem se deita para relaxar os músculos, os olhos se fecham para interromper o fluxo de pensamento. Os pensamentos excedentes são descarregados na forma de sonho.

Em um dos livros estava escrito uma coisa interessante. Segundo o autor, o ser humano está inevitavelmente propenso a criar um modo pessoal de pensar e se comportar. Inconscientemente, as pessoas constroem uma tendência própria, que irá afetá--las porque, uma vez que ela se estabelece, dificilmente a pessoa irá agir e pensar fora desse padrão, a não ser em casos extremos. Isso significa que as pessoas vivem presas a suas próprias tendências de ação e de pensamento. A função do sono é justamente modular essas tendências – e mantê-las sob controle – para que o organismo não se desgaste como a sola de um sapato, num ângulo específico, diz o autor. O sono, portanto, corrige e equilibra essas tendências. Durante o sono, as pessoas relaxam os músculos e os circuitos de pensamento que utilizam de modo tendencioso; o sono oferece uma descarga para esses circuitos, que normalmente são usados numa só direção. Essa seria a maneira de as pessoas "esfriarem" o motor. O sono é uma atividade programada como parte do ser humano. Ninguém estaria imune a esse programa. Se, por acaso, isso acontecesse – continua o autor –, a própria existência perderia a razão de ser.

"Tendência?", pensei.

A única coisa que me veio à mente em relação às tendências foram as "tarefas domésticas". Aquelas tarefas que eu realizava mecanicamente, desprovidas de emoção: cozinhar, fazer compras, lavar as roupas, cuidar do filho. Isso tudo não passava de uma tendência; mesmo de olhos fechados, eu seria capaz de fazê-las normalmente. São atividades como apertar um botão e puxar uma alavanca. Bastava fazer esses movimentos para que a realidade seguisse normalmente seu curso. O modo como nos habituamos a movimentar o corpo também não deixava de ser o padrão de uma tendência. Assim como a sola do meu sapato costumava se desgastar no calcanhar, eu também estava sendo desgastada pela minha tendência, e o sono diário seria necessário para eu poder ajustar e esfriar meu motor.

Era isso?

Li novamente o texto com redobrada atenção. E concordei. Devia ser isso.

Sendo assim, o que é a minha vida? Estou sendo consumida por uma tendência e, para me recuperar, preciso dormir. Minha vida seria tão somente uma mera repetição dessa tendência? Minha vida se resumiria em envelhecer enquanto eu dava voltas e mais voltas em torno de um mesmo lugar?

Balancei a cabeça olhando para a mesa da biblioteca.

"Não preciso dormir", pensei. Não me importo de ficar louca ou de perder o cerne da minha existência. Por mim, tudo bem. A única coisa que sei é que não quero ser consumida por uma tendência. Se para me curar desse desgaste provocado por essa tendência é necessário dormir periodicamente, não vou fazer isso. Não preciso dormir. Se por um lado o meu corpo vai ser consumido pela tendência, por outro sei que minha mente será somente minha. Sou capaz de mantê-la firmemente comigo. Não vou entregá-la a ninguém. Não quero ser curada. Não vou dormir.

Após tomar essa decisão, deixei a biblioteca.

5

Após tomar essa decisão, deixei de temer o fato de não dormir. Não havia o que temer. O importante era manter uma atitude positiva. "Estou expandindo minha vida", pensei. Eu tinha o período das dez da noite às seis da manhã só para mim. Até então, eu consumia um terço do dia numa atividade denominada dormir; o que eles chamam de "tratamento para esfriar o motor". Mas, agora, um terço da minha vida passou a me pertencer. Não é mais de ninguém. É somente meu. Posso usá-lo do jeito que eu bem entender. Nesse período, ninguém vai me incomodar nem me requerer. Isso sim significa expandir a vida. Eu havia ampliado a minha vida em um terço.

 Os especialistas hão de dizer que isso não é biologicamente normal. Eles até podem estar com a razão. A decisão de assumir algo que não é considerado normal faz com que eu contraia uma dívida que, posteriormente, terei de pagar. A vida poderá me cobrar a parte que me foi dada, uma vez que eu a recebi adiantada. Sei que é uma hipótese sem fundamento, mas nem por isso é de todo absurda. Em princípio, sinto que ela possui uma certa lógica. Em suma, o balanço dos créditos e dos débitos estão fadados a fechar de modo coerente com o passar do tempo.

Mas, para ser honesta, eu não me importava nem um pouco com isso. Eu não me importava de ter de morrer mais cedo por conta de algum ajuste a ser realizado. As possibilidades devem seguir sua própria lógica, e do jeito que elas bem entenderem. Pelo menos agora posso dizer que estou com a vida ampliada. Isso é maravilhoso. Eu estava reagindo nessa vida expandida. Nesse período que me foi estendido, eu sentia que estava viva. Eu não estava sendo consumida. Ou, ao menos, a parte não consumida podia viver e me fazia sentir viva. Por mais que uma vida seja longa, não vejo sentido em experimentá-la sem a sensação de estar viva. Agora eu via isso com total clareza.

Após verificar que meu marido dormia, fui me sentar no sofá da sala e, sozinha, tomei o meu conhaque e abri o livro. Durante a primeira semana reli três vezes *Anna Karenina*. Quanto mais eu lia, mais eu descobria coisas novas. Esse longo romance possuía muitos segredos e estava repleto de respostas. E nas respostas descortinava-se um novo segredo. Era como uma caixa artesanal, em que dentro de um mundo havia outro mundo pequenino e, no interior deste, outro mundo ainda menor. Todos esses mundos formavam um universo complexo. Um universo que sempre existiu e que aguardava ser descoberto pelo leitor. O meu eu de antigamente só conseguia desvendar uma pequena fração desse universo. Mas o meu eu atual era capaz de enxergar um mundo imensamente maior. Conseguia entender o que o grande Tolstoi quis dizer, ler nas entrelinhas, entender como essas mensagens estavam organicamente cristalizadas em forma de romance, e o que nele de fato superava o próprio autor. Eu conseguia enxergar isso tudo como se estivesse em pé no topo de uma colina e contemplasse a paisagem.

Por mais que eu me concentrasse, não ficava cansada. Após ler exaustivamente *Anna Karenina*, comecei a ler as obras de Dostoievski. Eu conseguia ler à vontade. Por mais que me concentrasse, não me sentia nem um pouco exausta. Eu conseguia entender até mesmo os trechos mais complexos. E sentia uma profunda emoção.

"Essa é a minha essência", pensei. Ao deixar de dormir, ampliei meu ser. O importante é o poder de concentração. Viver e não conseguir se concentrar é o mesmo que estar de olhos abertos sem poder enxergar.

Finalmente, o conhaque acabou. Bebi praticamente a garrafa inteira. Fui ao supermercado e comprei outra garrafa de Rémy Martin, uma de vinho tinto e aproveitei para comprar uma elegante taça de cristal própria para conhaque. Comprei também chocolates e cookies.

    Às vezes, no decorrer da leitura, eu ficava extremamente estimulada. Nessas horas, eu deixava o livro de lado e ia para o quarto me exercitar. Fazia ginástica ou simplesmente caminhava no quarto de um lado para outro. Quando me dava vontade, saía de madrugada. Trocava de roupa, tirava o carro da garagem e vagava sem rumo pelas redondezas. Entrava numa dessas lanchonetes vinte e quatro horas e tomava um café, mas, como não queria encontrar nenhum conhecido, na maior parte das vezes eu ficava dentro do carro. De vez em quando, estacionava em algum local aparentemente seguro e me perdia em pensamentos. Cheguei a ir até o porto, onde contemplei os barcos por horas a fio.

    Uma única vez fui abordada por um policial, que fez seu interrogatório de praxe. Eram duas e meia da madrugada e eu ouvia música no rádio enquanto observava as luzes dos navios. Eu havia estacio-

nado o carro sob um poste de luz na beira do cais. O policial deu duas batidas leves na janela. Baixei o vidro. Ele era jovem, bonito, e o seu jeito de falar era educado. Expliquei-lhe que não conseguia dormir. Ele pediu minha carteira de habilitação e eu a entreguei. Ele ficou um bom tempo verificando o documento. Em seguida, ele contou que houvera um homicídio no mês anterior naquela área. Um casal de namorados foi surpreendido e atacado por três rapazes; o homem foi assassinado e a mulher, estuprada. Me lembrava de ter visto algo sobre esse incidente. Concordei com a cabeça. O policial comentou que já era tarde e aconselhou que eu evitasse aquela área de madrugada, principalmente se não tivesse nada a fazer por lá. Agradeci e disse que já ia embora. Ele me devolveu a carteira de habilitação. Eu dei a partida no carro.

  Foi a única vez em que alguém falou comigo. Normalmente, eu dirigia pela cidade noturna, sem ter para onde ir, durante uma ou duas horas, sem que ninguém me importunasse. Depois, estacionava na garagem ao lado do Bluebird branco do meu marido, que dormia em silêncio. Após estacionar, eu escutava atentamente o som do motor esfriar, emitindo breves estalidos. Quando o motor se calava, eu descia do carro e pegava o elevador.

Ao voltar ao apartamento, a primeira coisa que eu fazia era ir até o quarto ver se meu marido dormia. Não importava o que acontecesse, seu sono era inabalavelmente profundo. Em seguida, ia até o quarto do meu filho. O sono dele também era pesado. Eles não sabiam de nada. Para eles, o mundo continuava a girar do mesmo modo, sem quaisquer mudanças. Mas não era isso o que estava acontecendo. Em algum lugar que eles desconheciam, o mundo mudava com extrema rapidez. E de modo incontornável.

Certa noite, permaneci fitando o rosto do meu marido adormecido. Eu havia escutado um barulho alto e seco vindo do quarto e fui correndo até lá. Vi que o despertador estava caído no chão. Pro-

vavelmente, ele esticara o braço enquanto dormia e esbarrara no relógio, derrubando-o. Mesmo assim, continuava a dormir como se nada tivesse acontecido. O que faria esse homem acordar? Peguei o relógio e o coloquei de volta na mesa da cabeceira. Cruzando os braços, observei atentamente o rosto dele. Fazia muito tempo que não o examinava assim.

Quanto tempo? Logo que nos casamos, eu sempre fazia isso. Observá-lo dormindo me fazia sentir tranquila e segura. A sensação que eu tinha era a de que, enquanto ele estivesse dormindo tranquilo, eu estaria protegida. Por isso, nunca me cansava de observá-lo.

Não sei em que momento deixei de fazer isso. Quando foi? Tentei me lembrar. Creio que foi quando eu e a mãe dele discutimos sobre o nome que daríamos à criança. A mãe dele estava envolvida com uma religião ou coisa parecida, e queria impor de qualquer maneira um nome que a religião oferecera como um "presente". Não me lembro mais qual era esse nome, mas, de qualquer modo, eu não queria receber aquele "presente". Isso provocou uma tremenda discussão entre mim e minha sogra. Meu marido simplesmente se calou diante da discussão, limitando-se a tentar apaziguar os ânimos.

    Acho que foi naquela ocasião que perdi a sensação de que o meu marido me protegia. Isso mesmo. Meu marido não me protegeu, e fiquei muito irritada. Sei que é coisa do passado, e inclusive minha sogra e eu já fizemos as pazes. O nome do meu filho fui eu que escolhi. E não demorou muito para que eu e meu marido também fizéssemos as pazes.

    Mas creio que foi a partir daí que parei de contemplá-lo enquanto dormia.

    Fiquei em pé, parada, observando seu rosto. Como sempre, o sono dele era inabalável. Seus pés descalços escapavam do cobertor e formavam um ângulo estranho. Do jeito que estavam, davam a impressão de que eram de outra pessoa. Eles eram grandes e maciços. A boca larga estava entreaberta e o lábio inferior caído e, de vez em quando, as narinas se mexiam rapidamente, como se lembrassem que deveriam fazer assim. A pinta logo abaixo do olho parecia enorme e grosseira. O jeito de fechar os olhos também lhe dava um aspecto vulgar. As pálpebras flácidas e o excesso de pele sob os olhos pareciam um cobertor de carne desbotada. "Dorme como um idiota", pensei. "Sem se importar com nada." Como um homem pode ter um rosto tão desagradável ao dormir? Acho que antes o rosto dele não era assim. Na época em que nos casamos, tinha muito mais vitalidade. Mesmo dormindo, sua aparência não era tão indecente como a de hoje.

    Tentei me lembrar de como era o rosto dele naquela época. Mas não consegui de jeito nenhum. A única coisa que eu me lembrava era de que não era tão feio como o de agora. Mas podia ser uma ideia falsa que criei. Minha mãe certamente diria isso. Esse era o tipo de argumento típico dela.

Sua fala predileta era "Saiba que, com o casamento, a paixão avassaladora só vai durar dois ou três anos". E ela também me diria "Você achava bonito o rosto do seu marido dormindo porque você o via com os olhos da paixão".

Mas eu sabia que não era isso. Para mim, não havia dúvidas de que meu marido havia ficado feio. Os músculos de seu rosto estavam perdendo a firmeza. Era um sinal de velhice. Meu marido estava velho e cansado. Estava desgastado. De agora em diante, não havia dúvidas de que ele iria ficar cada vez mais feio. E eu teria de suportar isso.

Dei um suspiro. Um suspiro bem alto, mas, como não podia deixar de ser, ele não se mexeu. Um suspiro não é suficiente para fazê-lo acordar.

Saí do quarto e voltei para a sala. Bebi o conhaque e li um livro. Mas alguma coisa me incomodava. Fechei o livro e fui para o quarto do meu filho. Abri a porta e observei o rosto dele com ajuda da luz acesa do corredor. Tal como o pai, ele dormia profundamente. Fiquei um tempo fitando seu rosto enquanto dormia. Ele tinha a pele macia e sedosa. Obviamente, seu rosto era bem diferente do de seu pai. Ele ainda era criança. A pele era lustrosa e nada grosseira. Mas alguma coisa me deixou com os nervos abalados. Era a primeira vez que eu sentia isso em relação ao meu filho. Afinal, o que ele tinha que me abalava tanto? Permaneci em pé e cruzei os braços. É claro que amo o meu filho. E muito. Mas, alguma coisa, de fato, me deixava irritada.

Meneei a cabeça.

Permaneci de olhos fechados durante um tempo e, ao abri-los, fitei novamente o rosto de meu filho dormindo. Foi então que descobri o que me irritava. O rosto dele, ao dormir, era idêntico ao do pai. E idêntico ao da minha sogra. Havia uma obstinação e uma autossuficiência hereditárias. Eu detestava esse tipo de arrogância típica da família do meu marido. Sei que ele cuida bem de mim. É gentil e atencioso comigo. Nunca me traiu e é um homem trabalhador. É responsável e é simpático com todo mundo. Todas as minhas amigas dizem que não existe homem tão bom quanto ele. Não tenho do que reclamar, penso eu. Mas, às vezes, é justamente o fato de eu não poder reclamar que me deixa irritada. "Não ter do que reclamar"; isso criava uma estranha rigidez, que bloqueava o poder da imaginação. Era o que me deixava irritada.

E agora o meu filho tinha essa mesma expressão no rosto.

Balancei novamente a cabeça. "No final das contas, ele não passa de um estranho", pensei. Quando essa criança se tornar adulta, com certeza jamais entenderá meus sentimentos. Assim como hoje meu marido não entende quase nada do que eu sinto.

Não há dúvidas de que eu amo o meu filho. Mas minha intuição diz que no futuro não vou mais conseguir amá-lo de verdade. Sei que esse tipo de pensamento não é apropriado para uma mãe. As mães em geral jamais pensariam uma coisa dessas. Mas eu sei. Sei que um dia vou desprezar esse meu filho. Foi o que pensei. En-

quanto eu o observava dormindo, foi essa a sensação que tive.
Ao pensar nisso, fiquei triste. Fechei a porta do quarto e apaguei a luz do corredor. Voltei a me sentar no sofá e continuei a leitura. Depois de algumas páginas, fechei o livro. Olhei o relógio. Eram quase três da manhã.
Comecei a pensar em quanto tempo estava sem dormir. A primeira noite em claro foi na terça-feira da semana retrasada. Isso quer dizer que hoje é o décimo sétimo dia. Estou há dezessete dias sem dormir. Foram dezessete dias e dezessete noites. Um período muito longo. Hoje já não consigo mais me lembrar direito de como era a sensação de ter sono e dormir.
Fechei os olhos para me lembrar de como era a sensação de dormir. Mas a única coisa que existia para mim era uma vigília na escuridão. Uma vigília na escuridão... que se associava à morte.
Será que vou morrer?
Se eu morrer agora, o que posso dizer que fiz da minha vida?

Eu não sabia responder.

O que será a morte?, pensei.

Até então, eu achava que o sono era um tipo de morte. Ou seja, a morte seria uma extensão do sono. Em outras palavras, a morte era como dormir. Comparada ao sono, a morte era um sono bem mais profundo, sem consciência. Um descanso eterno, um blecaute. Era isso o que eu pensava.

Mas pode ser que eu esteja errada, pensei. Será que a morte pode ser um tipo de situação totalmente diferente do sono? Será que a morte não seria uma escuridão profundamente consciente e infinita, como a que estou presenciando agora? A morte pode ser uma eterna vigília na escuridão.

Se a morte é isso, é muito cruel. Se a morte não significa o descanso eterno, qual seria a salvação para as nossas vidas tão imperfeitas, tão cheias de incertezas? Ninguém sabe o que é a morte. Quem de fato a presenciou? Ninguém. A não ser quem já morreu. Entre os vivos, ninguém pode dizer o que é a morte. Aos vivos só resta fazer suposições. E a melhor suposição é apenas isso, uma suposição. Dizer que a morte é o descanso não faz sentido. A verdade só é revelada quando a pessoa morre. Nesse sentido, *a morte pode ser qualquer coisa.*

Ao pensar sobre isso, de repente, senti um medo profundo. Senti minha espinha congelar e petrificar-se de medo. Mantive os olhos fechados, incapaz de abri-los. Observei em silêncio a densa escuridão que se postava diante dos meus olhos. A escuridão era profunda como o universo, e não havia salvação. Eu me sentia só. Minha mente estava muito concentrada, e se expandia. Tive a sensação de que, se eu assim desejasse, poderia ver as profundezas desse universo mental. Mas decidi não fazê-lo. "É muito cedo", pensei.

 Se a morte é isso, o que devo fazer? O que fazer se a morte é um eterno estado de consciência, restrito a observar em silêncio essa escuridão?

 Finalmente, consegui abrir os olhos e tomei de um só gole o conhaque que restava na taça.

6

Tiro o pijama, visto um jeans e uma jaqueta sobre uma camiseta. Prendo os cabelos para trás, enfio-os embaixo da jaqueta e coloco o boné de beisebol do meu marido. Ao me olhar no espelho, eu pareço um homem. Assim está ótimo. Calço os tênis e desço até a garagem no subsolo.

Entro no City, viro a chave e deixo o motor ligado até meus ouvidos se acostumarem ao barulho. O barulho é o mesmo de sempre. Com as mãos no volante respiro fundo, várias vezes. Engato a primeira e saio do prédio. O carro parece bem mais leve, como se os pneus deslizassem sobre o gelo. Mudo as marchas com redobrada atenção, saio da cidade e pego a estrada em direção a Yokohama.

Já passa das três da manhã, mas a quantidade de veículos na estrada ainda é grande. Os caminhões pesados, que vêm

de oeste para leste, fazem o asfalto trepidar. Os caminhoneiros não dormem. Para aumentar o rendimento das entregas, eles dormem de dia e trabalham à noite.

"Eu poderia trabalhar de dia e de noite", penso. "Afinal, não preciso dormir."

Sob o ponto de vista biológico, sei que isso não é normal. Mas quem seria capaz de dizer o que é normal? O que se considera biologicamente normal nada mais é do que o resultado de um raciocínio pautado em experiências. E estou num ponto que ultrapassa esse tipo de raciocínio. Será que eu poderia me considerar um exemplar único, uma precursora da espécie humana, que deu um salto na cadeia evolutiva? Uma mulher que não dorme. Uma consciência expandida.

Eu abro um sorriso.

Um salto na cadeia evolutiva.

Sigo até o porto ouvindo música no rádio. Eu quero escutar música clássica, mas não encontro nenhuma estação que toque clássicos na madrugada. Todas as estações tocam apenas rock japonês enfadonho. Músicas românticas ensebadas que dão nojo. São músicas que me fazem sentir que estou num local muito distante. Eu estou bem longe de Mozart e de Haydn.

Paro o carro num parque, no estacionamento amplo demarcado com linhas brancas, e desligo o motor. Escolho um lugar bem iluminado, debaixo de um poste. No parque há um único carro estacionado. Um carro que os jovens costumam apreciar: um esportivo branco de duas portas. O modelo é antigo. Provavelmente é de um casal de namorados. Sem dinheiro para ir a um motel, eles devem estar transando no carro. Para não ser incomodada, afundo o boné tentando não parecer uma mulher. Verifico novamente se a porta está trancada.

Ao contemplar a paisagem ao redor, de repente me lembro do primeiro ano da faculdade, e do dia em que eu e meu namorado saímos de carro e ficamos trocando

carícias. Ele não estava aguentando, e pediu para me penetrar. Respondi que não. Eu não queria transar ali. Coloco as mãos no volante e, enquanto escuto música, tento me lembrar daquele dia. Não consigo me lembrar do rosto dele. É como se tivesse acontecido milhares de anos atrás. É como um fato histórico.

As lembranças do que tinha acontecido antes de eu não poder dormir parecem se distanciar rapidamente. É uma sensação muito estranha. É como se aquele eu que dormia diariamente não fosse eu, e que as lembranças daquela época não fossem minhas. "É assim que as pessoas mudam", penso. Mas as pessoas não percebem essa mudança. Ninguém as percebe. A não ser eu. Mesmo que eu tente explicar, creio que elas não vão entender, e tampouco farão esforço para tanto. Mesmo que acreditem, não entenderão como me sinto, que é o mais importante. Para elas, sou uma pessoa que aterroriza o mundo racional.

Mas eu *realmente* mudei.

Não saberia dizer quanto tempo fiquei estacionada naquele lugar. Eu estava com as mãos no volante e, com os olhos fechados, observava a escuridão sem sono.

De repente, sinto a presença de alguém e volto à consciência. Alguém está por perto. Abro os olhos e olho ao redor. Alguém está do lado de fora do veículo e tenta abrir a porta. Mas, claro, elas estão trancadas. Há duas sombras negras, uma de cada lado do carro. Uma do lado direito e outra do esquerdo. Eu não consigo ver seus rostos. Nem as roupas que vestem. São sombras negras em pé ao lado de ambas as portas.

Entre as sombras, meu City parece extremamente pequeno. É como uma caixinha de doces. Eles balançam o carro. Alguém bate insistentemente no vidro da direita com a mão em punho. Mas eu sei que não é um policial. Os policiais não batem no vidro desse jeito. Nem sacodem o carro como estão fazendo. Boquiaberta, não sei o que fazer. Estou confusa. O suor brota nas minhas axilas. Preciso tirar o carro dali. A chave. Preciso girar a chave. Estico o braço, pego a chave e a giro. Escuto o som do motor de partida. Mas o motor não pega. Meus dedos tremem. Fecho os olhos e, tentando manter a calma, giro novamente a chave. Não adianta. O único som que se ouve é um rangido, como unhas arranhando uma parede gigante. O motor gira sem pegar. Gira sem pegar. Os homens ou as sombras continuam a balançar o carro. Eles balançam cada vez mais forte. Devem estar tentando virar o carro. Alguma coisa está errada. Se eu pensar com calma vai dar tudo certo. Preciso pensar. Pensar com calma, sem afobação. Alguma coisa está errada. **Alguma coisa está errada.** Alguma coisa está errada. Mas não sei o que é. Minha mente está repleta de uma densa escuridão. Uma escuridão que não vai me levar a lugar algum. Minhas mãos tremem. Tirei a chave da ignição para tentar colocá-la novamente. Os dedos tremem e eu não consigo colocá-la de volta na fenda. Ao tentar novamente, a chave cai no chão. Curvo o corpo para tentar pegá-la, mas não consigo, porque estão balançando o carro com muita força. Ao me curvar, bato a testa com força no volante.

    Desisto de pegar a chave, encosto no banco e cubro o rosto com as mãos. E choro. A única coisa que resta a fazer é chorar. As lágrimas não param de cair. Estou presa nesta caixinha e não tenho para onde ir. É a hora mais escura da noite e os homens continuam a sacudir o carro. O que eles querem é virar o meu carro.

Haruki Murakami nasceu em Kyoto, no Japão, em janeiro de 1949. É considerado um dos autores mais importantes da atual literatura japonesa. Sua obra foi traduzida para 42 idiomas e recebeu importantes prêmios, como o Yomiuri e o Franz Kafka. O escritor vive atualmente nas proximidades de Tóquio. Dele, a Alfaguara publicou o relato *Do que eu falo quando eu falo de corrida* e os romances *Caçando carneiros, Minha querida Sputnik, Norwegian Wood, Kafka à beira-mar, Após o anoitecer,* a trilogia *1Q84* e, mais recentemente, *O incolor Tsukuru Tazaki e seus anos de peregrinação.*

Kat Menschik nasceu em Luckenwalde, na Alemanha, e estudou artes gráficas em Berlim e Paris. Foi uma das fundadoras, na metade dos anos 1990, da revista de quadrinhos *A.O.C.* Trabalhou ilustrando jornais e revistas antes de iniciar sua carreira de ilustradora de livros. Sobre ela, o próprio Murakami diz que "suas imagens são realmente distintas e únicas. É precisamente esse sentido de alteridade que eu, como autor, quero evocar nos meus leitores".

Lica Hashimoto é mestre em Língua, Literatura e Cultura Japonesa e Doutora em Literatura Brasileira. Atualmente, é Docente do Departamento de Letras Orientais da Faculdade de Filosofia, Letras e Ciências Humanas da Universidade de São Paulo e pesquisadora do Centro de Estudos Japoneses da mesma instituição. É autora de artigos e livros relacionados a Língua e Literatura Japonesas e Literatura Brasileira e tradutora de autores japoneses contemporâneos e clássicos, como Murakami, Kyoichi Katayama e Natsume Soseki.

Copyright © Haruki Murakami, 1990
Copyright das ilustrações © 2009 by DuMont Buchverlag,
Colônia (Alemanha)

Grafia atualizada segundo o Acordo Ortográfico da Língua Portuguesa de 1990, que entrou em vigor no Brasil em 2009.

Título original
Nemuri

Imagens de capa e de miolo
Kat Menschik

Revisão
Juliana Souza
Cristhiane Ruiz
Ana Kronemberger

CIP-Brasil. Catalogação na fonte
Sindicato Nacional dos Editores de Livros, RJ

M944s
    Murakami, Haruki
       Sono / Haruki Murakami; ilustração Kat Menschik; tradução Lica Hashimoto. — 1ª ed. — Rio de Janeiro: Objetiva, 2015.

       Tradução de: Nemuri.
       ISBN 978-85-7962-375-2

       1. Ficção japonesa. I. Menschik, Kat. II. Hashimoto, Lica. III. Título.

14-18866
                                 CDD: 895.63
                                 CDU: 895.63

Todos os direitos desta edição reservados à
EDITORA SCHWARCZ S.A.
Praça Floriano, 19, sala 3001 — Cinelândia
20031-050 — Rio de Janeiro — RJ
Telefone: (21) 3993-7510
www.companhiadasletras.com.br
www.blogdacompanhia.com.br
facebook.com/alfaguara.br
instagram.com/editora_alfaguara
twitter.com/alfaguara_br

1ª EDIÇÃO [2015] 9 reimpressões

ESTA OBRA FOI COMPOSTA PELA ABREU'S SYSTEM EM ADOBE GARAMOND
E IMPRESSA EM OFSETE PELA GEOGRÁFICA SOBRE COUCHÉ FOSCO
DA SUZANO S.A. PARA A EDITORA SCHWARCZ EM JUNHO DE 2023

A marca FSC® é a garantia de que a madeira utilizada na fabricação do papel deste livro provém de florestas que foram gerenciadas de maneira ambientalmente correta, socialmente justa e economicamente viável, além de outras fontes de origem controlada.